AF468094

TESTAMENT

DES

MINISTRES,

RÊVE DE DEUX BONS FRANÇAIS,

MIS EN POT-POURRI

PAR

ÉMILE DEBRAUX ET CHARLES LE PAGE.

Prix : 1 Franc.

CHEZ LES MARCHANDS DE NOUVEAUTÉS.

1827.

TESTAMENT

DES

MINISTRES.

IMPRIMERIE DE H. BALZAC,
RUE DES MARAIS S.-G., N. 17.

TESTAMENT

DES

MINISTRES,

RÊVE DE DEUX BONS FRANÇAIS,

MIS EN POT-POURRI

PAR

ÉMILE DEBRAUX ET CHARLES LE PAGE.

Prix : 1 Franc.

PARIS,

CHEZ LES MARCHANDS DE NOUVEAUTÉS.

MAI 1827.

PRÉFACE.

La nuit semble à regret terminer sa carrière,
Au tendre crépuscule elle ouvre la barrière;
Déjà l'aube, blanchie à sa douce clarté,
Se retire des cieux avec rapidité.
L'Indus a vu déjà l'amante de Céphale
Colorer de ses feux la porte orientale;
Des flots de purs rayons éblouissent les airs,
L'astre brillant du jour, quittant le sein des mers,
Lance un premier regard sur la moitié du monde :
A peine a-t-il franchi la surface de l'onde,
Les vents restent muets, leur souffle maîtrisé
Par ses rayons vainqueurs soudain est apaisé.
Il poursuit son triomphe, il dissipe les nues,
Adoucit la tempête et les vagues émues.
Enfin sur l'horizon il paraît radieux :
Tout ressent les effets de son aspect heureux;
Tout s'anime à sa vue, et la nature entière
Célèbre son retour qui lui rend la lumière :
De la reconnaissance universel tribut,
De l'insecte rampant il reçoit le salut;
Et l'aigle audacieux, de nuage en nuage
Paraît, en l'approchant, lui porter son hommage;
Les bois, en frémissant à ses nouveaux rayons,
Ouvrent leurs dômes frais et présentent leurs fronts;
Avec plus de douceur l'humble ruisseau murmure,
Une vigueur nouvelle anime la nature;

La terre se revêt des plus riches couleurs ;
Et tandis que du sein des odorantes fleurs
Les parfums échappés embaument les campagnes,
De légères vapeurs couronnent les montagnes ;
Monts sacrés, du grand astre autels majestueux,
Dont l'encens se dilate et s'allume à ses feux....

Ou pour parler alors un langage vulgaire,
Il était jour alors. . . . .

Mais simplement ce demi-jour mystérieux qui jette les sens engourdis dans cette somnolence, cette rêvasserie légère qui tiennent un juste milieu entre la veille et le sommeil ; c'est l'heure où les songes les plus doux viennent voltiger autour de notre paupière ; plus de ces rêves pénibles, plus de ces affreux cauchemars qu'une digestion mal opérée attire sur nous vers le milieu des nuits ; le sommeil du matin n'amène que des idées riantes, que des images gracieuses ; d'autres fois, il s'y mêle des tableaux grotesques, qui vous arrachent des rires prolongés.

Rien n'égale la bizarrerie des actions, presque toujours incohérentes, où vous pousse l'imagination pendant le sommeil : on y voit des gens doux et paisibles devenir des conspirateurs, des buveurs de sang ;

des envoyés d'un Dieu juste et clément s'armer de torches incendiaires; des moutons dévorer des loups, et mille autres choses tellement étranges, et pour ainsi dire tellement hors de nature, que l'un de mes amis m'a certifié une fois, sur tout ce qu'il avait de plus sacré, avoir rencontré de cette manière, des agens de police honnêtes, des chefs de division polis, et, ce qui surpasse toute espèce de croyance, des ministres qui ne songeaient en aucune façon à leurs intérêts pécuniaires, et dont le cœur n'était embrâsé que par l'amour de la patrie.

Le rêve que nous soumettons aujourd'hui au public n'est pas de ce dernier genre; il y a bien des années que l'on ne fait plus en France des songes de cette force là, et j'ai grand'peur que l'on n'en fasse pas encore de sitôt.

Vous est-il arrivé quelquefois, cher lecteur, d'éprouver pendant votre sommeil une soif ardente, une faim démesurée, ou l'envie très-prononcée de satisfaire à l'un des besoins physiques auxquels la nature a assujetti notre pauvre espèce humaine? Oui, sans doute, me répondrez-vous, et peut-être n'existe-t-il pas sur la terre un mortel qui n'ait ressenti cette impression involontaire. Bien, je m'attendais à votre réponse; mais à présent répondez avec la même franchise; avez-vous remarqué, lorsque vous éprouviez cette impression involontaire, si elle n'excitait pas une influence remarquable sur la *couleur* de vos rêves? Quand vous étiez tourmenté par une soif ardente, ne vous trouviez-vous pas en songe sur le bord d'une claire fontaine, ou assis à une table bien garnie, et savourant à longs traits le cristal de l'onde ou le nectar de Bacchus, sans jamais pouvoir vous désaltérer?

Quand la faim vous poursuivait dans les bras du sommeil, ne rêviez-vous pas au banquet d'un jour de noces, à une excursion chez Chevet, où bien à une lettre d'invitation pour la rue Thérèse ou celle de Rivoli?

Établissons donc, en thèse générale, que tout besoin à satisfaire amène un rêve conséquent, et comme le songe que nous venons de mettre en chanson est de cette famille-là, tâchez de deviner un peu quel pouvait être le besoin qui tourmentait nos deux rêveurs, quand ils ont vu, dans leur sommeil, nos bons ministres faisant leur testament politique.

Et ne m'objectez pas que les besoins dont j'ai parlé sont des besoins physiques et absolument irrésistibles, tandis que le besoin qui pressait nos rêveurs n'est qu'un désir moral, bien prononcé peut-être, mais qui n'en est pas moins simplement un désir plutôt qu'un véritable besoin ; car je vous répondrais que la grande majorité des hommes qui pensent et raisonnent en France se passerait plus volontiers chaque matin de sa tasse de café que de son journal ; et pourquoi le lit-on avec tant d'empressement, ce journal? C'est dans l'espérance d'y voir, concernant le ministère, quelques lignes que l'on attend avec la plus grande impatience ; et quelles sont ces lignes tant désirées ?... Positivement ce que nos deux rêveurs ont vu en songe... Si le fait n'est pas exact, j'en appelle au témoignage de la France...

Pourquoi faut-il, hélas, que ce ne soit qu'un rêve !

Tout ce que vous demandent les auteurs de ce léger opuscule, c'est de vouloir bien en grâce ne pas les éveiller ; il est des cas où la réalité paraît plus désagréable que l'apparence, et c'est positivement ce qui arriverait immanquablement en cette circonstance : nos bons ministres sont si doux, si désintéressés, si patriotes, si polis, si malins, et surtout si bons et si aimables!.... Ah ! . . . .

. . . .

On a publié, dans le XVIIe siècle, un testament politique qui fit grand bruit dans le monde, c'était le testament politique de Colbert ; mais nos ministres s'en moquent, la rivalité ne les effraie pas. Qu'est-ce en effet qu'un Colbert, un Sully même, à côté d'un de Villèle, d'un Peyronnet, d'un Corbière, et autres ministres, qui seraient aussi de bien grands hommes, s'ils n'étaient pas éclipses par les trois astres dont nous venons de parler?

O Colbert, ô Sully, que diriez-vous, si... Pauvre France!

TESTAMENT

DES

MINISTRES,

Pot-Pourri.

Nous rêvions (car c'était un rêve) qu'au Champ de Mars la France entière était rassemblée ; au sein de cette immense population, les ministres, réunis dans une enceinte particulière, déploraient le coup qui venait de les frapper en leur enlevant leurs portefeuilles, et le peuple, qui de temps en temps attrapait quelques bribes de leurs doléances, mêlait son petit mot à la conversation.

Ce fut M. de Villèle qui ouvrit la marche.

M. DE VILLÈLE.

AIR : *Encore une étoile qui file.*

C'en est donc fait ! injuste France.
A la porte tu nous a mis !
Des charmes de notre éloquence
Tes fils ne sont plus attendris !

Nos vœux, nos *modestes* demandes (1)
Sur ton cœur d'airain ne font rien ;
Peuple ingrat, tu nous vilipendes,
Et nous ne voulions que ton bien (2).

M. DE CORBIÈRE.

AIR : *Heureux qui loin de ses amours.*

C'en est fait, regrets superflus,
Sur mon bonheur que d'hypothèques!
Mon nez ne respirera plus
La poudre des bibliothèques.
Loin des vieux bouquins, mes amours, } *Bis.*
Faudra-t-il donc passer mes jours! }

Maudit soit le fatal effort
Qui fit éclater la tempête ;
Pourquoi m'imposer ce rapport (3),
Étais-je un homme à coups de tête?

(1) *Modestes* est joliment modeste.

(2) Ceci est tout simplement un petit calembourg ministériel. Mais si ces messieurs ne voulaient *que notre bien*, il me semble qu'ils n'avaient pas déjà trop lieu d'être mécontens; le 3 pour cent de M. de Villèle nous en a soufflé, à ce qu'il me semble, une certaine portion.

(3) Les deux rêveurs ont rêvé, à ce qu'il paraîtrait, que le licenciement du ministère avait suivi presqu'immédiatement le licenciement de la garde nationale : dans les rêves, on voit presque toujours des drôleries qui vous font plaisir.

(*Notes des Éditeurs.*)

Loin des vieux bouquins, mes amours,
Faudra-t-il donc passer mes jours!

AIR : *Quel bonheur de rêver ainsi.*

Comme il contait son douloureux martyre,
Ses compagnons, peu touchés de ses pleurs,
Tout brusquement se sont mis à lui dire :
Garde pour toi tes regrets, tes douleurs.
Si ton nez, des poudreux registres
Avait fait ses seules amours,
Nous serions encor tous ministres...
Que n'as-tu bouquiné toujours!

M. DE PEYRONNET.

AIR : *Ne vendez pas la peau de l'ours.*

Quand mon pouvoir descend la garde,
Loin de déposer ma fierté,
Je veux que ma colichemarde
Reste pendue à mon côté. (*Bis.*)
Ce sera pour le temps prospère
Où je prouverai sans façon,
A la pointe de l'espadon,
La bonté de mon ministère. (*Bis.*)

Oui-dà, dit le peuple à ce moment, il paraît que Son Excellence est pour les moyens décisifs... Vous nous réservez des coups de fleuret pour toutes raisons, voilà parbleu un brillant héritage pour nos enfans.....

AIR : *Du vaudeville de la Petite Sœur.*

Vous quittez notre beau pays;
Mais des rives de la Garonne,
On dit que, rampans et soumis,
D'autres yeux fixent la couronne.
Vos mains de fer nous accablaient
Sous le poids d'un vil esclavage;
Ah! si vos fils vous ressemblaient
Nous maudirions notre héritage.

LE PEUPLE.

AIR : *Ma belle est la belle des belles.*

Depuis long-temps notre patrie
Est en butte aux complots des grands;
Depuis long-temps elle est flétrie
Sous la férule des tyrans.
Si les destins dans leur vengeance
Ne donnent des lois que par vous,
Ah! pour le bonheur de la France,
Ministres, déshéritez-nous.

LE PEUPLE.

AIR : *Il est un Dieu.*

Quand vous tombez sous les coups politiques
N'invoquez plus l'ombre de Loyola :

Pour renverser un fauteuil despotique
N'oubliez pas que nos bras seraient là.
Ne croyez pas que vos fiers acolytes
Pourraient de sang teindre encor nos genoux;
Non, non, la France a maudit les jésuites,
Ministres, déshéritez-nous.

M. DE VILLÈLE.

AIR : *Et plus d'un maréchal de France.*

Puisqu'on vient à mon Excellence
De défendre l'habit doré,
Que dans ma salle de bombance
Ce vêtement soit encadré.
On peut lui lâcher la bordure (1)
Sans exciter des mots grivois,
Car le dit habit, je le jure, } (*Bis.*)
Ne fut retourné que trois fois. }

M. DE CORBIÈRE.

AIR : *Povero calpigi.*

A mes suivans je recommande,
De mes nombreux commis la bande.

(1) Nous faisons parler trivialement leurs Excellences; c'est une licence poétique contraire à la vérité, car il est juste de dire que, parmi les reproches que l'on peut adresser à nos ministres, on ne peut pas compter celui de manque

Et surtout les trois ouvriers
A l'arc de l'Étoile employés (1).
Ces gaillards là qu'un rien excite,
Aujourd'hui vont tellement vite,
Que le tout sera terminé
Quand sera majeur Dieudonné. (*Bis.*)

AIR : *Du baiser au porteur.*

Plus je *lègue* à la confrérie
Ce crayon, mon *ultima lex*,
Qui trois fois dans l'Académie
A mis le génie à l'*index*.

LE PEUPLE.

Ne redoutez pas la vengeance
De cet Institut mécontent,
A l'esprit de votre Excellence,
Qui diable en pourrait faire autant? (*Ter.*)

M. DE PEYRONNET.

AIR : *L'hymen est un lien charmant.*

En quittant ce noble palais,
Jadis témoin de notre gloire,

d'éducation, et certes, cet opuscule n'eût jamais vu le jour si ces messieurs eussent entendu le français aussi bien qu'ils le parlent.

(1) *Ouvriers* et *employés* sont deux rimes inexactes, et nous l'avons fait remarquer aux deux rêveurs, mais ils nous

Ah ! cachons bien notre déboire
Aux regards malins des Français,
Dédaignons un pompeux bagage,
N'emportons que notre talent,
N'emportons que notre courage.

Et nous tout en rêvant, nous répétions tout bas:

Que c'est agir en homme sage
De se charger légèrement,
Quand on va se mettre en voyage. } (*Bis.*)

M. CHABROL.

Air : *Du cabriolet.*

A ce moment, l'ministre d'la marine
Voulut aussi glisser son petit mot;
Pardon, messieurs, dit-il, mais j'imagine,
Qu'à tout reprendre on se dépêche trop.
S'il faut ici parler comme je pense,
Rendre a pour moi quelque chose d'amer.

Et, ma foi, je garde tout; on ne sait pas ce qui peut arriver : toutefois comme un homme, Ministre aujourd'hui, peut être renvoyé demain, et rappelé après-demain; comme j'ai de la conscience, et qu'un Ministre de la Marine doit au moins savoir comment un navire est fait, il en résulte que...

ont répondu simplement que lorsqu'on dormait on n'avait pas le Dictionnaire des rimes dans sa poche.

(*Note des Éditeurs.*)

J'vais profiter, ma foi, d'la circonstance,
Pour tâcher d'voir c'que c'est qu'un port de mer.

Faites comme vous voudrez, s'écrie alors M. Delavau d'un ton colère.

M. DELAVEAU.

Air : *De Vadé.*

De mes dignités, avant peu,
Si l'on ne me rend les insignes,
Du vieil Olympe, ventrebleu!
J'aurai bientôt franchi les lignes.
Donnant à ce pays fécond
Le doux régime de l'Espagne ;
Sourd au pipeau, même gascon,
Je veux faire de l'Hélicon
Une succursale de bagne. (*Bis.*)

Ainsi soit-il, dit M. de Villèle; mais que cela soit ou que cela ne soit pas, je m'en moque.

Air : *Des Lanciers Polonais.*

Puisqu'on accorde la victoire
Aux cris d'un peuple menaçant,
Je vole au temple de Mémoire,
A cheval sur mon trois pour cent.

Une fois là, le porte-feuille sur mes genoux, et la plume en main, je me ris des vaines clameurs des mortels, et dût le monde s'écrouler autour de moi:

Bravant la fortune inconstante,
Plus grand au milieu des revers,
Je coterais encor la rente
Sur les débris de l'univers (1)!

Air : *Du Suisse.*

Je lègue encor, ajoute de Villèle,
A mes amis, pour les indemniser,
Tous les trésors de ce fameux bout d'aile
Dont chaque trait sut m'immortaliser;
Je cède, enfin, à ce moment funeste,
A ceux qui m'ont servi de marche-pié,

D'abord toute mon éloquence, et certes il doit m'en rester beaucoup, car je n'en ai guères dépensé; plus, à mon vieil ami Ibrehim Pacha, je laisse mon épée qui sera excellente, s'il parvient à la tirer du fourreau, ce dont je n'ai jamais pu venir à bout; plus enfin, je laisse aux Toulousains, mes bons compatriotes, toutes mes vertus, et tous mes talens; et aussitôt les Toulousains de s'écrier :

Nous acceptons, quoiqu'le legs soit modeste,
Les p'tits cadeaux entretienn'nt l'amitié. (*Bis*).

(1) MM. Méry et Barthélemy ont volé cette pensée à *Horace;* quoique MM. Méry et Barthélemy ne soient pas eux-mêmes tout-à-fait des *Horace*, ils sont dignes de l'honneur d'être volé, et nous les volons!....

AIR : *De la Conscription de l'amour.*

Enfin, pour décimer la Grèce,
Je lègue au farouche Ibrahim
L'or que je reçus à Lutèce
Des mains d'un enfant d'Ephraïm;
Si des humains, lorsque je tombe,
Je ne puis être regretté;
Du moins j'abreuverai ma tombe
Des larmes de la liberté.

Un instant, messieurs, s'écrie alors le noble duc de Doudeauville, je ne suis pas de cet avis là.

AIR : *des chevilles de Mᵉ Adam.*

De mon pays déplorant la souffrance,
J'ai sur vos pas tremblé de l'effrayer.
Partagez-vous les trésors de la France;
Moi, son bonheur suffit pour me payer (1).

Et sur le champ dans la France entière des milliers de voix lui répondent :

Oublie, oublie un instant de tempête,
Bientôt enfin nos pleurs se tariront;
Vas être heureux en ta douce retraite
Et des Français les regrets te suivront. (*Bis.*)

(1) On sait que M. Doudeauville a donné sa démision, à la suite du licenciement de la garde nationale.

Chacun son idée, reprend M. de Corbière, moi ce n'est pas la mienne, et je pense tout différemment.

Air : *V'là pourtant comm' je s'rai dimanche.*

Quoiqu'ayant régné sans frayeur,
Je n'ai pas abdiqué sans crainte ;
Si pourtant un peuple grondeur ,
Se permettait la moindre plainte ;
Je saurais bravant son courroux
Me couvrir de mon héroïsme,
Mon ami, soit dit entre nous,
Si j'étais couvert comme vous ,
J'aurais grand peur d'un rhumatisme ! (*Bis.*)

Puis le noble président du Conseil des Ministres, reportant les yeux sur ses propres misères, s'écrie d'un ton douloureux :

Air : *C'est insulter l'âne jusqu'à la bride.*

C'en est donc fait, nos beaux jours sont passés
Je n'ai joui que d'un bien éphémère;
En éclairant des hommes insensés,
Je transformai mon bonheur en chimère;
Quelques lauriers ont payé mes bienfaits,
Une autre main à ma place les cueille,
Mais je verrai combler tous mes souhaits } (*Bis.*)
Si l'on m'enterre avec mon porte-feuille. }

Et là dessus, pour se consoler de leur disgrâce, leurs excellences entonnèrent en grand chœur le morceau d'ensemble suivant, dans lequel chacun de ses messieurs fait sa partie, M. Delavau, en basse-taille, M. de Corbière, en nazilleur, M. de Peyronnet, en haute-contre, M. de Chabrol, d'une voix caverneuse, M. Franchet, en tenor, et M. de Villèle en fausset.

COEUR FINAL.

AIR : *Rassemblons-nous, amis de la bouteille.*

M. DE VILLÈLE.

Reviens, reviens, bienfaisante Ignorance,
Malgré nos vœux si ton règne expira,
Dans le néant replonge encor la France,
Mont-Rouge te déifira.

Eh quoi! le peuple ose d'un ministère
Insolemment relever les abus!
Sachons enfin le contraindre à se taire,
Il doit payer, et jamais rien de plus.

CHŒUR DE MINISTRES.

Reviens, reviens, bienfaisante Ignorance,
Malgré nos vœux si ton règne expira,
Dans le néant replonge encor la France,
Mont-Rouge te déifira.

M. DELAVAU.

Fils d'Escobar, vous avez la puissance,

Serrez vos rangs, vengez-nous, punissez.
Paris déja porte envie à Valence,
. . . .

CHŒUR.

Reviens, reviens, bienfaisante Ignorance,
Malgré nos vœux si ton règne expira,
Dans le néant replonge encor la France,
Mont-Rouge te déifira.

M. DE PEYRONNET.

D'un fier sénat, combats l'indépendance,
Sonde les cœurs, ose t'en approcher;
Va, si nos droits sont mis dans la balance,
Parle, et pour nous tu la verras pencher.

CHŒUR.

Reviens, reviens, bienfaisante Ignorance,
Malgré nos vœux si ton règne expira,
Dans le néant replonge encor la France,
Mont-Rouge te déifira.

M. DE VILLÈLE.

Ce peuple, un jour, qu'un vouloir humilie,
Teindra nos pieds du sang de ses genoux :
Oui, qu'il nous craigne; il faut, dans sa folie,
S'il croit Dieu, qu'il pense que c'est nous.

CHŒUR.

Reviens, reviens, bienfaisante Ignorance,
Malgré nos vœux, si ton règne expira,
Dans le néant replonge encor la France,
  Mont-Rouge te déifira.

ENVOI

DES EX-RÊVEURS AUX MINISTRES, EN GUISE DE PETITE MORALE.

Air : *De la Boutonnière.*

Le bonheur d'un peuple agité
A pu nous apparaître en songe,
Bientôt la triste vérité
Remplaça le plus doux mensonge.
Votre sceptre est encor brillant,
Aucun d'entre vous ne succombe
Ah! pourquoi donc un testament
Ne s'écrit-il pas sur la tombe! (1)

(1) Par ce mot tombe, nous entendons celle du ministère, et non pas des ministres; nous voulons la conversion du pécheur, et non sa mort !....

www.ingramcontent.com/pod-product-compliance
Ingram Content Group UK Ltd.
Pitfield, Milton Keynes, MK11 3LW, UK
UKHW020541230726
13925UKWH00006B/2410